·广西新锐作家作品系列·

东西 主编

困兽之斗

祁十木 诗集

广西民族出版社
Gvangjsih Minzcuz Cuzbanjse

《广西新锐作家作品系列》丛书编委会

作者简介

祁十木，回族，1995 年生，曾获未名诗歌奖、光华诗歌奖等奖项。

目录

异域来信

三郎，你将看到来自东京的
最后一封信。我要离开这，尽快回去，
到我们自己的国家去。生活变得更艰难，
这些日子，我已无法准确形容。
三个小时前，我想哭却哭不出。钢笔恰好没了
墨水，本应与眼泪互换。这事并不滑稽，
可又气笑了我。索性停下笔，躺在床上，
透过窗户看街景。东京的傍晚要更凉一些，
木屐声伴随轻风吹来，我听不太清，
在这个小房子里。一天仿佛只有三个小时
许多事物都不同于哈尔滨，但我仍感受到唯一的
美丽：不用痛苦地爬楼梯。灯会被随时关闭，
我的眼前时常浮现变色的海水，反复
摇着我的船，强迫我回忆破碎的旧事。
窗户突然被敲了一下，这倒提醒我，应当出去走走，

脑海里画上呼兰河畔的雪，一个人去散步。
恐惧抹杀了雪景，我害怕再一次回来，
孤独的生活会更加狰狞。还是继续躺下，喝口凉水，
点一支烟，不让舌尖尝到刺人的苦涩，我还需要舌头
吃中国菜。拿着从国内带来的笔，写信、
写信，不停地、拼命地给你，写信。
你看到我这半年忍受的生离死别，你看到我的头颅
像被一支钢针戳破，左太阳穴痛得厉害。
你千万别笑我，说不说爱，此刻已不重要。
我胡乱写了些话，我恨。人
总是会变，从周先生死后，我的心似乎硬了不少，
真不可思议。先前已让你告诉许女士：
“看在孩子的面上，不要太多哭”*。你说了吗？
不说也没关系，反正我要亲自去墓地。

---

* 出自《萧红全集·书信卷》

你会陪我吗？哪怕只是扫一扫先生身后的落叶。
写废太多字，总算说了一些完整的话。到此为止，
全当是天注定。东京这城市，恐怕这辈子都不会再来，
你帮我，亲切地说声再见，从海的另一边。
我到国内，大概是一月下旬，日子过得真快，
这就一九三七年了。“他妈的，这年头……”*

* 出自《萧红全集·书信卷》

遥想晚年

这是一场梦，断断续续，
楚楚动人。在重复失眠的
夜里，我倾听自己
未来的记忆。如果活着

到那一天，我早起洗漱，
在窗外的雪片中画倒影。
有时我要吃几片药，有时呆呆地
站着看风景。此生早已逝去。

父亲母亲会不会如我一般
衰老，孩子们会不会建造崭新的
房子。概括日渐干枯的生命，
我与我的疲倦成了一块谜语。

恐怕我们连手机都会丢了，
直接面对爱人，说，你走过来。
我仿佛看到另一个人
深陷梦境：雾起时，他咀嚼青春。

礼 物

在青海南部，黄河异常温顺的
地方。我们开车，钻入死胡同
问路时，九月变得鬼魅，
我们这些不幸的人变得固执

父亲和我一起下车，凝视
这里倒像是海岸，缀满了胆怯和移植的
词。还得往前走走，对于民族的秘史
我们充满好奇。这恍惚的秋日

一棵棵白杨树停在路中间，
姿势是镜子。扭曲的身体背后
传来毕业歌，我猜测声音始于
年轻人。躲藏起来

那就不找了，反正我们听不懂
大多数人讲话。跨越了几千年
我想找到年轻的朋友，催出身体的
第一滴雨，化成泉水

从房檐上缓缓流出。那人牵着我
悄悄走进墓园。父亲说，看看去，
他们知道我们是
远方的客人。二十二年又过去

我在这世上，终究没成为可爱的
亲人。我是一阵悲风，人们在河流
源头寻不到。那些无奈的痛苦
一股脑都泻在我身上……

下　雨

太俗。我是说写下雨比下雨更俗
但我不同，这个动作是我本身
每当我咀嚼哭的欲望，天就要下雨
我省下泪水，我看清自己。

记得八月初，我在一家杂志社实习，
下班要穿过细长的巷子，雨
随时可能来临。它常常准备
几个小时，但就下几分钟了事

那些穿着渔网袜的姑娘，
相互搀扶、买菜归来的老夫妻，卖瓜果的小贩，
发传单的学生，抱起流浪猫的情侣，
还有偷车的贼。我们都在等待

下雨。我们都在等待雨停
当我站在某个店铺门口，甩了甩头发后
我有了一种快感，仿佛那些黑云是我的
情人，那些彩虹是钢琴曲

他们都已离去，脚步匆匆。
这些陌生人，时常敲我的眼睛，
然后转身就走，留下湿漉漉的
我，怀念另一个无眠的晚上

或许世界是雨的另一个名字
我迈开步子，趿拉着沙哑的帆布鞋
就这样走，就这样一个人下雨
一个人听

上山去

相对而言，返程更陌生。从停留湖边开始倒退，
回忆被滚动的原因，你是否低声诉说过，自己
是一棵被拦腰砍断的树，不能同他们一起飘落，
要重重地砸下。他们未曾看到脚印，重复出现
在山脚。前进与后退基本一致，究竟存在多少
纠结的词汇。直接跳跃到出发前，他没有朝拜
镜子，没有拿出新衣服和旧皮鞋，他享受预言。
脱下适用于人世的忧愁，我们挽着彼此的胳膊
像某一对情侣，上山。此刻永恒，与下山无关。
你可以设置标准，在山腰处挑选某个同行的人，
哪怕只因为他衣着朴素。面对一线天，这母体
与坟墓的分界，宛如少女的秘密，隐藏在风中。
你尽量为此感动，为一次被怀疑的郊游而承受
幸福。往回走，上过梁山和泰山的人在此重逢：

我醉君复乐。* 虚构令人冲动的故事，阐释祈祷
词，不论真诚、伪善，上山都已无本有的意义，
即使你憧憬，专属于它的死刑。注视降低速度
滚动的碎石，纷纷砸向车窗。
　　　　　　　　在此刻，我们行至悬崖边
停下。手中的笔，被现实推向一座悲伤的花园

* 出自李白《下终南山过斛斯山人宿置酒》，原句为“我醉君复乐，陶然共忘机”。

逃亡游戏

我扎着小辫出门，在分裂的台阶上
跳着走，每一步都划过孤独的
边境。我轻轻触碰，永不陷入
这些可耻又好看的人，你们不回家吗
此刻，午夜十二点，雨落
在我们的两亩三分地
你们卖水果，西瓜、香蕉，甚至是樱桃
堆起了一座小山，像四季循环
一样忙碌。我从东边跑到西边
抛掷他人创造的词语，他们说这是中国
南部的曼哈顿。我没脾气，暂时停下脚步
遥望那个熟悉的青海女生，她像
邻居家的姑娘。我没爱过
没收到种子。这是二十年来最幸运的事
如果没有爱人，那我也不会失去

所爱之人。活着如此美丽
又怎抵得过我的安全。我想就这样
度过余生，藏起生离死别的痛感
懦弱地发誓，不爱。我牢记
不爱的时候，曾离去的爱人是否愿意
同步消失。小姑娘别玩弄我的辫子
你不知道我是一只蚂蚁，被中国北方吹来的
蚂蚁。再次找到下雨的理由，
我走进一间网咖，打开游戏，我要
操控卑微的我去爱你

凌晨，灯下读马骅

在红色的湖边
你用整整一夜磨一个词
碎石飞溅
像此前的生活一样。肮脏

你抬起手，指着发光的第一片叶子
数着冬天和春天，哦，还有夏和秋

有一个男孩在对岸扔石子，
名字沉到湖底时，你看完了这场电影

出门前，一颗露珠开始蒸发

我想听你讲的故事很慢

用一页泛黄的纸

我就能缅怀我自己

扮演海

有水的日子，我们尝试推对方
去篝火燃起的沙滩，
用萤火虫修筑一方墓地。
它将四肢伸到水里，乖乖不动，
看起来方方正正的，可爱极了。
多年前，这被想象过的小玩意，
一整夜才绘出陌生人的光。
还记得那些成了幻觉的孤独吗？
被掉进泥沙中，多多搅动，
似乎就是理想的天地了。
还醒着吗？好朋友，
你跳了迷人的青春舞，
不止一次扮演海的模样。

扮演好人

——献给D让人痛苦的动人小说

晨光在蚊帐中露出一只脚
睡眠在故园重获新生
昨夜谈美团外卖和西周史
训练的士大夫好久不见
是偶然遇到了下午
友人修改一篇异族情感故事
她的细密画何时有了人像
有心人总也不穿短袖毛衣
便一次性拆了这头顶的雪
窗外藏着打羽毛球的小孩
我没有关心过微信和微笑
在摇曳的喇叭声中
你要信任雪山
让好人拥有好情爱

℃

我反复摩擦这符号的温度
奢望她能代替窗外
黑色的天堂。在人群中

一丝微弱的光亮
停住脚步，他说要想象
自己是一枚句号

不早不晚，你忘掉的
刚刚好。那月亮作了伪证，
将你我搂在身旁

剩下的日子，可以不剪头发。
你拿这半个夏天开玩笑：
没有种花，就看不到天亮

给姐姐的第二封信

车站是监狱之门，我们在出口
拥抱，说无关紧要的话。
五分钟后，我给你写信，谁知道
从少年时到此刻，浪费过多少光阴

你被家人接走，那些排队的亲人
像蝴蝶，在白瓷砖上留下脚印，我记住
他们指尖的刺。喂饱自己，
一群人躺在台阶上休息

我离开了，戴着无名戒指
向泥塑的人走去。他们掉漆，
遗憾地说绘图者不是骑手，
没有一件粉红 T 恤构成的夏季

她们开始跑步时，我就用浴巾盖上
蒙克的嘴。被清水洗过多次的
姑娘，减少表情。她不会习惯
诗，俘获过浪漫，却丢弃足够多的爱

我记得你说，“阳关无故人，
跳出玉门我们就回家。”你对降落的我说，
“你会过得很好。谁都不会拥有
一个完整的牢狱之灾。”

我是自己的铁窗。分别后，
我卖掉情人旅馆，早起，饱餐一顿，
坚决完成战术任务。但你知道吗？
我再也不能踏进裸体的乌托邦，再也不能

讲笑话。听闻你最近计划旅行，
是去看运河吗？来不及哀悼的
姐姐，我们不需要巧合了，你要平安。
一路平安啊，法蒂玛

活　着

是一场音乐会。她提前买票，
晚上八点入场。我好像从来都不认真
听声音，我对此毫不关心。
可能我还睡了过去，在软绵绵的椅子上，
睡眠像做爱一样痛苦。他们鼓掌。
我陪着她，在梦境中
双手反复重合，像一对永不相爱的恋人，
音乐停止，就此分离。跳出大厅门
右拐，一家夜宵摊还在营业，
我嫌弃那太脏，固执地往前走，但前方
没有灯光。我用打火机给她引路，
火光一不小心就会熄灭，
那一簇短暂又烫人的光真不听话。
在亮与暗的缝隙中，我隐约闻到
你在写字，我沉默。重新品味梦——

许多乐器在左耳右耳之间来回穿梭，
大提琴、小提琴、钢琴、古筝以及
遥远的冬不拉，或许某一刻，
还有西伯利亚的手风琴路过。它们不停地
跑，像一支马队似的奔驰
在我的躯体中。从耳朵到鼻子，从鼻子到嘴，
将我此生积攒的粮食全都挪了出来。
我这样和自己对话。瞥见一张张自拍照
尝试铺满马路，我捕捉你的衣袖，
“不要走了”，但我终究没能揪住什么，
人仓促消失。我没来得及说晚安，
你睡了吗？今晚，我的阴谋还没浮现，
我想和你接吻，你不是路人，
你是唯一的协奏曲。但你不见了，
在音乐会结束的第二十一分钟。
我独自徘徊，孤零零地经过几棵芭蕉树，
它们潮湿又保持黏性。我不敢再问，
关于爱人的另一个问题，不敢

在你卷曲的棕色头发中想象一个答案：
这个世界会好吗
好吗？我们再去听一场音乐会。

鱼骨

在西北某地自建岛屿
起誓打捞一副旧时代鱼骨
往日被卡住喉咙的
以此骨栖身于仲夏之夜

新青年拢共也没多少
有时晴天下雨，有时他说
你像我见过的人
与你重逢再启动跳房子游戏

放骨头在肩上，踩一脚泥泞，
绕开下水口，往图书馆
多行一步，保持歌曲流畅。
送鱼刺的人要模仿鱼骨

他站在这钢筋混凝的房子外
满身污渍，闻一株野草的香。
反复说遗言吗
问谁来重做这道鱼？

红烧清蒸油炸，皆被允许。
一个世纪前，他找到工作——
吊起这副骨架，让它勇敢些
勇敢地，不再用鳃呼吸

烬

他坐在狭窄的房间中央，面朝铁门，想象
开门的人，像被折断的旧绳索，挂在墙上。
他凝视，同时，他别无选择

要把手伸入左侧口袋，轻轻拿出火柴
点燃叼了五分钟的烟。他被层层烟雾缠绕，
那些故事一并涌上来，他已不再年轻，
像流逝的时光，很混蛋

再狠狠吸一口，那慌乱的烟草耗尽了
光阴，被他吐在日光灯下，抬头的瞬间，逐渐飘散。
他的食指抖动，烟灰坠入栖息地。他恨透了
这覆盖他的生命之重，他却已离不开

一丝火星掉落。他的黑裤子

被燃烧出洞，露出的膝盖，在缓慢流血，
这不是罪恶。他反复问（回答）自己：
放不开的往事，究竟意味着什么

烟烧至终点，火光暗淡，长长的烟灰
像他五天未刮的胡须，死命地扼住他的脖子。
毛孔跟着起火，他不管不顾，想问开门的人
知不知道诺亚方舟的航向？

他往前迈一步，门自动打开
这是撕开痛苦、供他人赏玩的人
别点新的烟，你说你要离开这地方

门口出现两个玩滑板的少年，一人带来早间新闻
说起诗人昨夜死于肺癌，另一人跑来问他

时间。他说，九点。那人回头告诉伙伴，
那说过诗人名字的孩子再次张口：我们一无所有

他把人和空气想象成一面镜子，看得到身后
半掩的门，挤出那人的形状。人端坐在他的椅子上
年轻的睫毛，像极了他掸掉的烟灰
他能说出故事吗？用最沉重的词

那人不说话，极速抽光最后的五支烟
抹除了这一切已凝固的现实，
仿佛他从未来过此处、从未爱过

风雪夜归人

究竟那是什么人？

——张枣《何人斯》

我没时间再做梦（古时候的梦），没时间
在笼子似的校园里互相检查对方的身体。
这是晚餐后的远行，在郊外小路上。
我们看到自由在空气中滑翔，看到雪花如植物般
生长在我们头顶。不需要牵手，就这样
肩并肩走着，雪越下越大，对于南方，
这是不祥之兆。我问他是否记得雪夜上梁山的人，
他没有回答，固执地戴着口罩，他似乎
还能感觉到雾霾。我不清楚这是不是玩笑话，
但我能看到他的后背，突兀地出现在路灯下。
作为雪中行走的人，我们过早地穿上了皇帝的
新装，我们对安徒生童话进行再创造。“灯下黑”，
他悄悄对我说。等我回头，就看到那些高楼的窗户，

朝我们睁开眼睛。我大概听到了无数人在洗澡，
雪夜，可以抛弃胜利和枷锁，适合洗热水澡。
我想逃离，想要结束渴望已久的散步，这时
我似乎长出了猫的眼睛，就算看往日故事，
秽物也可以穿透我的神经。他被我扔在原地，
这其中存在遗忘的时间，可能发生了一些事。
被利用的夜色，或已被调音。我忘记了
之前写下的诗句，忘记了你所谓的高原和制氧机，
以及那只被你比作父亲的猫。当我走进房间，
我肯定楼道里传来了猫叫声，那声音钻透我的
耳膜。紧贴着通风口，它将展示三种融化方式，
我困惑于，究竟该拿哪一个
自己出门？就为了执行一次任务？
滚烫的答案变成问题，我为无数次修改题目而感到
惭愧。以第三种方式反问：我是否真的出过门，
是否在雪夜走过郊区的小路，是否在路灯下停留。

红园路

他们中的某一人，将时间压缩在身上，
穿过这条宽阔且无人的街道。

两个男生和一个女生，肩并肩走着
一路上，必须说许多玩笑话，必须生彼此的气。
男生去牵女生的手，躲避沉默的第三人。
他们的这条路太长，要经过十字路口、拐好几个弯
才能分别，回到自己的家

他们中的某一人，提前挥手，反复沉溺于灰色的
记忆。过早地接近命运之心

两年前，他的朋友，站在十八岁的夜空下
带走他们所有的故事。孤独从新月中升起，
在他流亡的时光里，他重新说那些说过的话。

那时，晨风变得忽冷忽热，路灯也渐渐暗淡，
他忘记他们从哪开始寻找归宿。人越来越少

他们中的某一人，一直困于迷宫
用一朵悲伤的玫瑰占有自己

他试图用些冷清的词语，
描绘未曾抵达的镇子。纸，愈发僵硬
他关掉白炽灯，转身上床，
像座安静的雕塑。“尽管眼泪，那天夜里，
湿了男孩摆着脑袋的枕头”*

---

* 出自沃伦《启示》

少年事

一只玻璃球滑到手里，他开始像
琥珀，钻到里面醒着，经过
许多年。高高被抛起的，一定刺眼
他挡住脸，我没看到悄然而逝的
小物件。动作逐渐僵硬，我说他
蹲下时，每一刻都成了待剪辑的胶片，
缺乏连续的理由。他的头发，凌乱，
像率先枯萎的花，急于结果。我们互相慰藉，
度过光阴就是度过十指相扣的温度
他牵着另一只风筝，天空愈发空旷
被吹着的我，有时消失，有时摇晃
在马路上，他朝前
迈出的脚步，从不停歇。但我们究竟有没有
在动？这令气氛瞬间严肃，凝成一块玻璃
掉到十几年前的那个下午

七月来信

我记得我已离开河州。来信，
可能源于那份承诺。在拉萨，一位姑娘
跪在我面前，“给我点钱，您会幸福的。”
那声音困住我。我仓促丢下一张绿色人民币，
她马上起身。“在七月，您将收到一封信”

我离开拉萨，回到河州，今早又离开了。
母亲打来电话，说我走后有封信放在我桌上，
我从未见过它。或许是我忘记了，我已习惯
忘记一些人，习惯继续闯入另外一些人。灯光闪烁，
将我拉回现实。此刻，我在这辆列车上

从九十年代开来的车，残存着老旧的漆，
我剥下一片又一片，证明我常在这坐着。
这些时间，我没有给任何一个人写诗，

也没有长久的沉默。我在想象一种惊喜，
那些兴奋的爱人，会送给我们什么

南行或北上。车要经过无数陌生的地方，
它极具耐心，赋予我往日的睡眠。但这是变相压迫，
我挣扎着渐渐苏醒。彻夜未眠的人，大概是半夜上的车
他洗手、上厕所，眼中布满血丝，像藏着一堆即将被淹没的
蚂蚁。我缓缓张口，想对这陌生人诉说梦境

他急忙打理行装，吹着口哨："想听故事吗？
一小时前，有女人打开你的口袋，取走一封信。
她说她是你的爱人，不想扰乱你的梦。"我摸着口袋，
她是谁？为什么拿走？怎么会有信？当我说出"信"字时，
他悄然而逝。我敲着窗玻璃，自言自语，"这才是梦？"

核　桃

——给 L

厚重的棉被覆盖一片轻盈
你拉扯，这骨瘦如柴的希冀
父亲渐老的眼帘。思绪乱舞

片刻脆弱，徘徊妄想的坚硬
犹如一颗核桃的自裁
被喂食或吞食着独白

她说，就是一场感冒而已
而我却认为，这当中存储着
黄种人的色彩连同弓腰的月

逃不出诅咒，例如此前病痛

能给你清晰的忏悔
何处归去的见证及种种纠葛

一锤子，一锤子，从头顶訇然而落的
黑暗，淌满外壳、表层及复杂的热爱
寻找细微缝隙。名为入口

突兀而来，你形状怪异
类似神经组织的构成，类似于一切
早已在，存在前存在

裸露自我，视此为无人之地
必定要讲讲，放肆的青春或纯洁的爱意
可我却劝诫，亲近土地不意味着给予

这时，一只无影的脚踏上
稀碎的，应该是你
可我们五者的关系恰恰迎合了一句俏皮话

月的二十种浇水方式

总浇水给月亮，接着看她
给干涸的花蕾浇水，二十种方式或者更多

紧密的，一些想法断续而来
彼时，你望着前朝遗老，温顺揉平丝滑又狡猾的月

不，确切地说，那是二十年前
无人问津的死生互换，啼哭成谶、成诔

临水照花后，我认清你，选择远离
而我选择了接近水、接近扭曲着的未尽

比如我自以为是，逃避众人的时间
独自等一个字，为你扩充为诗

好似旗袍的纹路，妩媚着粗暴
解决，愤怒的时代抑或女性本身

沉默的、谚语式的爱，诉说时刻
苍凉了认真。相信咀嚼，渗到骨骼里的物

死神、弟弟，某种羡慕夹杂着嫉妒
好比二十年后的黄昏迷晕二十年前的月

我学习缝补，她说你是精致的女子
类似她喜欢着绯红的玫瑰，绝了世上的花

多年以来，我意会这些思忖，疼痛一种
记起你，提琴拉动。命运的巧合，恰好团圆

情　人

我趴在窗口，看两只猫打架，
这画面类似战争，也可以算作婚礼。
他们分别来自中国的北方和南方，
相爱，荒谬到催生一场暴雨。

或许夏天非得产生害羞又暴怒的雨
冲刷一切炽热的语言。你不可能想到，
我此前从未翻开手中的这本诗集，
在雨夜，竟然可以诵读它。

百年前，同样的深夜，一个老诗人藏在明净的窗内
收拾床被，铺开崭新的稿纸。他写字，
每一笔都能使他的手颤抖许久，
他因此熟悉夜空中的每颗星星。

他的爱人，一个星期前去世
生命的最后十年，她已记不得他，只会像孩子一样
看着他笑。她闭上眼的那天，他极其平静：
“你听不见，我说不出，但我能写下那个字”

所有的爱情都要伴随生命碎裂，
飘散在永恒的泥土中。
像所有的马蹄声和风声一样
消失前，你来不及想它们为何存在

他画上最后的句号。想起十九岁的某一天，
那个年轻的女子，正站在阳台上数星星。
他仰起脖子，对着她读诗。此后，他们迎着风
乘着马车一路往郊外奔去

我如此唐突地面对它。
那个年轻的诗人，你苍老了许多
你的爱人就在天上，你不要猜测
她到底是哪一颗

两只猫踩着湿漉漉的砖瓦
轻盈地往另一个房顶迈开步子
他们可以沉溺于这一夜的阴雨
可以偏居于彼此的灵魂

2016年的一天

为了给死去多年的猫奔丧
我跑步经过这条街

雨天，道路湿滑
那个长着络腮胡子的少年朝我招手：
他们已经知道他死了，

你应该明白，他太急于获得一些真实的
爱；或者放荡的理由。

说话的人躲在烤炉后面
在火光中，隐约可以看清他年轻的唇，
重复同样的一句话。他从不转动眼睛

把一切都告诉我，我想要知道

他活着，曾经做过什么。

这少年扔下手中的烤串
走到一米外的椅子上，点燃劣质香烟
十秒过后，吐出一点点瘦弱的烟雾

“空中漂浮的不是天堂。你知道
你就不该回来”

一个伟大的结论诞生——
根本不存在牧羊的人
不存在矿山和森林。

我们锻造二十年的肉身，应当占领每个少女的
眼睛，远离地面和飞翔。对吗？

我绕了一圈又一圈，对着他
写不出一句话。在我之前有太多陌生人，
匆匆走过这条陌生的街

舌　头

我的双唇之间，活着我年轻的舌头
厚重且迟钝，缓慢地，整日待在宇宙中心
品尝年轻，品尝未及感受的老去
直到这锋利的热水将我烫伤，我才得以抽取
时间，祭奠一个与我无关的亡人
我尝试着活动，即便烫伤的气泡上
飘出光晕。在边缘，我能享受另一种毒刑
碎片之类的诗化感受中，也许我们丢失了
疼痛，甚至梦。连这些都来不及时，我隐藏于诗歌内的动作
只能缓慢悲哀。再吞咽，咽下一口人类
共有的隐私，密密麻麻的血泡再痛
此前，脚底也有过这样的伤，至今还留有痕迹
而现在完整的行走证明，疤，只是存留纪念而已
下午的太阳越来越热，这个冬天太假
我伸出舌头触碰，硬邦邦的物体，大概是亡人的手指

阻挡。零度以上，我应该不只是在想你
摸一摸这双唇之间的缝隙，能感受到那条迟钝的舌头
胆怯、又冒险，修改着年轻

愚人自愈

妈妈，这是四月
新年的第一天，我忘记
你说的话。

深夜拿冷水浇自己
我想我能发芽，像你分解似的
独自发芽。

四点钟，那些陌生的烟雾吐丝
在他死去的阳台上，我用七秒时间
去想象你。

解剖一些抒情诗的结构，我听着
许多人说玩笑话——陌生的
热带雨林，

像小赵爱过的那个女子，有时也变成
魔术师手中的猫咪。这是四月，
一切艰难

的句子，焕然一新。
我握住云彩的尾巴，试图遮盖刚洗的
破旧衣服，

不停地滴水。我多少会想起
你，或者他的母亲，一个人吃午餐。
妈妈……

娜拉死后

——纪念马雁

自你关上门走后，那声音便久久不能停息
悬在我头顶。重复你的动作，重复真实的黑夜
说实话，这两天我特别想你，真的是
痛苦将我摧毁，难以享受一丝一毫的轻盈
让我想你，倚着窗，细听冷雨拍击
窗玻璃，仿佛就要拧落我沉重的头发
在时间里，藏入一层层悄无声息的霹雳
雨下了半夜，不停，母亲侧身从门里进来
这不知道娜拉是谁的女人，常常说些奇怪的话
比如她说自由就像盐，爱就像咖啡
我有些迷信。当她说，睡醒后想见之人就会出现时
我缓慢睡去。其实做梦是幸福的，但不久
我就因自己的心跳，而担心会有地震之类的事发生

在慌乱中惊醒，在平静中沉思。肯定逃不掉
那些分不清的痛苦与幸福一字儿排开
我想到，那个雨夜，你肯定也是这样醒来
对着窗外的一切，脸色苍白。外面有永生，有血中之血。
而里面的人只能望着心的迷宫，无路可走。我确已见到
不由得吃了口新上市的樱桃，有些涩，有些甜
但颜色还是那么嫣红。像我们最简单的
欲望，无非是可爱地活着。无端泪流，看见你
发白的尸体，像在盘中，那颗唯一的白樱桃
我下了床，踏着你的脚印走过。开门，是因为厌恶节制
更是因为干净且偏执。你是和我一样的，同属造物主
我用全力张口，跟你道声平安。已经接近五点钟，
雨自然停了下来，让你一滴滴来到，带来几朵玫瑰花瓣
在冬季，终会落得魂飞魄散，无人掩埋。只得纸上留下生命：
花落人亡两不知。我试图把它装进信封，却找不到一张邮票

忧虑中，炉火烧得越来越旺，干脆我将这傀儡似的
纸烧碎，每断一寸，就临近你一次。我等待它成为灰烬
孤独为其本身创造了孤独，使从门缝中飘进来的声音放大：
我们都将变成前一个自己，像我们以后要见到的那个人
我能隔着火苗见到你被立起的那块碑，逐渐被风蚀
一直到天亮，我都在练习，如何给你描出漂亮的名字
在这瞬间，门永远地开了。我相信娜拉已经死去
但在凌乱的不幸和痛苦中，你创造了第三种方式
期待春天，或者早已走向春天。“一生中最幸福的，
又降临在我身上。”* 那是真诚而平静的流浪
就像一只单翅鸟，挣扎着飞。永不停息的北方

* 出自马雁《看荷花的记事》

患 者

再厌恶一次。再多想一次。数年后，
有没有可能存在陌生的年轻人
如此爱你，像爱一支烟燃烧的速度。
稿纸，被他当作墓碑，绿色是你的
名字，附在简单的异国字母上。误入丛林，
你是女人，是时间的刺客。在此岸与彼岸间，
他收留仲秋天的一夜雨，用以灌溉
无数的记忆。愈发节制，他缓慢剥去
卡夫卡的痕迹。空位子。笔尖在上，
成为一把随心所欲的剃刀，改变他的容貌。
想说的都还未说，都无法再说，
他隔着屏幕，输入一串汉字。在你恋爱时，
手机还没流行，但你必须理解此处的含义，
必须写一封长信。关于李白的绯闻，
在冬天与夏天之间，日渐增多，

没留一丝空隙，让我们解释。十年后，
谁在我们身旁，十年，谁还攥着
一块凝固的悼词。他沉默着吃了药，
合上你的书，陷进被子里。凹陷
是生命，是爱情中最重要的一部分。

未命名

过马路时，我习惯了张望街角
想问这些人和车，下一步的角度
带着所爱的光阴，紧握着灵魂深处
我熟悉这条街，在以前
老是往右拐，如今总在思考朝哪边
长度对于这座小城，或是唯一的认知方式
如同我此前认为只用向左、向右确定
当我们从远方以及本身归来，将他全部换血
疏通过后，彻底知道为何还无法命名
是理想太过偏执，还是志业尚未开启
或是因生活的诸多琐碎，舍弃不了
找寻，重新开始祷告。直到目击
一场车祸，死神临近。还有闪光的、飘摇的
店铺招牌。我懂得，正是吃饭这一奢求
成为各自迷惘的理由。谨记哪种，或者反省

活成朴素的、严格的碗。盛上他抽离脉络的
名字，不应是长度或找寻、假象。不恰当的应为
一种不动动词，假使我们能重新为人
定当踏着这里的每块砖，再次偏执（这样才算）
诉说，这是我们构成的元素，这是未名的姓氏

随想录

一

整个下午，他都在诉说
裹挟着挫败感的倾泻
从身份认同到求学问道，甚至教派争端
都一一抒发着，近乎哑巴的呐喊。
似乎某些观念，我并不接受
但理想主义的陈述风格与汹涌的言辞
彻底击溃我：沉重以及窒息般的担忧
分别后，尽力克制，他难抑住的话语
回荡。阳光从窗外打来，我疑惑过
雨，在南方总匆匆而来。从他背负的
或我背负的，彼岸的深层含义来看
此种基调能够确定：彷徨往往是出路

难免想到他，渴求的眼神混合
希冀，在危险与忏悔中定保持有多种悖逆

二

公车上，我又一次厌恶
交通工具，绝望于缓慢、摇晃以及不新鲜的
世界。索性下车，接近地面与生命，沉积
崇尚自由的美学认知，代替一般的历史经验
朝向，这仪式将要活下去
我有忧伤的欲望，消极感怀路边密集着的
蚂蚁，习惯怀抱超于自我的
庞大使命。轻盈脚步包含一种艰涩袭来

陷入抽象的诗歌证据，寻求抵达本身
归于胜利号角，解释着
自省而泛起涟漪的心弦
迷路，迷路，反复迷路
荒谬中闲暇，拿起黑夜（逝者凋零那地）
隐于阴霾后的路途，告知些讯息——
来过或一直都在

叶　子

我洞穿一片叶子的脉络
撕，这些比你更为难解的纹理
在断裂与延续间，打碎
蝉的梦，终究还是熬过了秋天

枝蔓上的露珠，从我的鬓角流下
退我到根系里，最深的地方
冬知道，我擅于侵犯吞吐过人的花蕊
摧枯拉朽，毁灭我们那些不同的光荣

懒散的脚步再追近，相对公平，绝对地
倾倒在我身上，压着我父亲的黄土颜色
这些臃肿的气味，释放类似我的绝望
绝望，人群的一半，鬼魂的一半

男人过于粗糙，难入这片王国
新芽拼命长，只源于遗世独立的女子之手
重新种，叶子，在无边无际的萧瑟里
刺痛，一个个烈士般的冬季

终将都是要过去的，我相信她
即使危险笼罩。复杂之地，往往隐匿有
安全的春天。悲壮的是，她更相信我
而只有叶子，见证了这一切

聚　会

冷风拂过碎裂的枝叶，天空已泛白
极其凉爽，我们浪漫的都市生活

从窗边伸头出去，看到那棱角分明的男人
两眼布满血丝，双腿沉重，
把枝叶踩得更碎，扛着水桶上楼

想象中，已结束的家庭聚会没剩下多少水
为了拥抱，我们无暇顾及卑微的源头

在白色桌布上，母亲摆出一枚樱桃
像给久病的患者输入血液。
他敲门，从没有进入这房间

继续空着手，往小区门口走去

一个脸颊黑红的女人坐在三轮车上等他

晚餐时分，他们避开市区，绕着城市的边缘
穿过黄昏和卖包子的小店，回到阴暗、狭窄的家。
我纪念母亲，我同时纪念想象

一切可以讨论的性、死亡、爱与恨、肮脏与饥饿
像咒语般在我耳边回荡：

我爱你，亲爱的。请一定要抱紧我

清明来信

清明前夕，我将收到一封信，没有什么
不吉利。也许我还会寄出一封信
我是不需要祭奠祖先的人。我活着迎接
四月，这充满味道的情人之夜

想象朝着人群相反的方向走
人本就有许多无意义的举动
比如我今夜在纸上写下这段话
比如我背着一本关于饥饿的诗集

黄绿色的叶子会迫不及待，在南方
他已等了一个假意的冬天，用夏季记叙
秋日。阳光就是我途经那块橘子皮
有时眯着眼看我，有时我们擦肩而过

对于旅行，可能有许多话，可能会
激动，根本不需要誊写工整
日子很简单，我给远方写一封信
只传达一个讯息：让他给我多写信

早已不是秋天

终于冷了下来。在南方的深秋
人们仿佛都时刻准备着，厚重的衣服
以便行路（四通八达的路）。
我没穿那么多，尽管父亲一再叮嘱，
要小心着凉。我总嫌他啰嗦，固执地
唱自己的歌。在路上，夜把风一刀一刀割开，
钻进我们的身体。知道疼痛，不知道生病的
理由。我感受到那来自父亲的猛烈的雨声。
他真是个好人，预言准确，让我就这样独自
搬石头。此前许多年，我都不是孝子，
我顶撞他，以诗人的口吻冠冕堂皇地顶撞。
而此刻，我却从每根头发的深处想他：
想到他十五岁独自出门时的同种固执；
想到他的父亲累瞎了眼睛；那时，他还是我，
直到石头一次次破碎，我才明白他脚底的茧，

明白冷水澡赋予我的意义。我哆嗦着祭奠
南方，同时怀念父亲。在秋意已死的路上，
我身穿父亲穿过的衣服，这陈旧的爱意
传递一种观念：彼岸可以算作抵达

捏食物的人

夜晚变得反常。妻子已经睡过去很久，
躺在令他饱受摧残的床上，想起年轻的时候
曾有一个年轻貌美又性感的女孩，爱上他
腼腆而消瘦的岁月。很幸运，
她此刻躺在他身旁，不幸的是，她共度了
那些苦难：看病、房债、生孩子
花光了他们引以为傲的年龄
男人在消耗时间，女人却在消耗青春
那些匆忙又悲惨的日子，他养成捏食物的毛病
这样的动作能让他感受命运，握紧在手里
吃馒头捏瘪了吃，吃饭也要捏着碗
今夜，他久久未眠，回忆这些心酸的往事
就像是一种祭奠。当一切过去，他们也就老了
他冷峻苍老的眼睛，望着天花板上的那只蚊子，
究竟能不能飞出去？没有人能回答这个问题

心脏瞬间开始抽搐，像锥子扎上，进而转动
他慌乱地爬下床，翻抽屉里的药
一个人可以习惯世上存在的事，比如吃药，比如捏食物
第二天早上，妻子被重重撞到窗户上的蚊子惊醒
她发现自己的男人躺在地上，没有呼吸
他的左手捏瘪了药瓶，杯子被摔碎，
水洒了一地。她欲哭无泪，看着窗户外同样死去的
一只蚊子。始终没明白，
他最后的动作，是挣扎还是习惯

乡村小学

停车前，他撕下一本书的扉页
一九八五年的纸张，干脆且无助。
身旁的老人眼球布满血丝，仿佛这孩子
撕掉了他儿子的旧照。如果继续写，
我们将看到他俩下车，请原谅，我无意冒犯
这饿着肚子的年轻人。他选择紧握命运，

将它死死地拴在内衣里。车窗多了层薄雾，
年轻人的头忽隐忽现，在乡村小学，
红旗飘扬。山脚下，三五个身穿校服的孩子
在打篮球，他们红蓝相间地跑动在结冰球场上，
双手通红，每个投篮动作都要重组一次
肌肉的结构。他始终垂着头，

没有欲望走到他们中间去，倒不是因为冰霜。

今早，他从一场摇晃的梦中醒来，
颓废被滴入一热咖啡中。他就这样到达此处，
像书写陌生的数字般，每一笔都是解除困境，
每一笔又都是走入困境。倒映出这几个孩子
伴随汽车移动的眼睛。他已回到车上，

作为采风团成员，他们做完观景和慰问的任务，
在远离村子后，只需再交上一首仓促的诗。
可以毫无意义，写十万大山就好，不必细思
孩子的结局。直至黄昏，乡村公路仍在延伸，
飞溅的石子愈发凶悍，可以将所有传说
都归结于写作的贪婪。他借由时代之膝盖，

跪下，晚餐已迟到。真实的印刷术比陈述
爱，更加遥远。我忽略那位绝望的老人，

忽略词语之所以晦涩的无奈。除了表达歉意，
我最后决定写那位年轻人，写他漫长的救赎，抑或是
孤独。可说到底，何人又真正孤独？在琐碎的
记忆中，我可能真的未曾走下车。

了

了，将断绝与子孙所有的联系
了，将不可能与可能都归于沉寂
了，将通常的变作不寻常的结果
在习惯中发声，避免吞咽，而后弯曲
直立，再到弯曲。循环，只是为了循环
但置于最后的场景往往是屠杀，或是更为严重的
重量，一如既往，无法控制
再说有，偏偏强加了确定性，坚硬的
定，锁住命，锁住抵抗和喉咙
两败俱伤后，我们书写，同时诉说
在劫难逃的每一句都显示出一种强势
居高临下，聚集在十字路口的中央
使方向被阻挡，家园之路摇晃

此前，他们在这里送葬、嫁女儿、生孩子
字中，一些隐秘的妙处凸显
飘然而去，你饮下那杯，难见来时路

浴　巾

一滴最为真实的水珠，耀着镜中本可以回避的禁忌
水，本就是对自我讨伐的放弃

我们接受，成为一种被修建的喉咙
阻碍甄别，阻碍走入复杂的人类道路

白皙的皮肤，孕育着更大的机械细胞
在分裂中分裂，展示钢铁与面具强有力的价值

浴巾必然成为一类栖身于自身的叛逆者
将穿越尚未萌芽的一切基础，那被降生的死亡

一个在边缘的诗人，即将动手解剖
吸尽每粒水分子，捏碎它所隐喻的献身

灵与肉撕扯成两半，蘸取各自所需的调味品
我站在这道分水岭上，接受最为深沉、冷漠地证明

它长于任何的丝织物，拥有一双无形的大手
钳住我的肩头，紧紧地，像放了枚钉子

每一刻都在击打，每一刻都在抽取

长恨歌

从终点拉近起点，重复那朵虚构的心灵
当自我被遗忘时，只能衬托相克的空间，以永恒史记载
罪行，或拷问，以及来回的深情。前世你对酒当歌：
“凡是灵魂的伟大的审问者，同时也一定是伟大的犯人”*

第七恨

远处的雪山，羽化这座塔
你爬上去，彻知自己位于沙漠中央，永远无法抵达的
现实。包括我们，逐渐沦为行走着的新坟

---

* “凡是人的灵魂的伟大的审问者，同时也一定是伟大的犯人。”出自鲁迅《穷人》小引·集外集。

从这里蔓延出去的味道，飘忽不定，或光亮、或色彩
都赋予我们补偿的内核。显然，理想主义是最深处的断裂
映出一棵青松的枝干。而后轰然崩塌，成为恨意

第六恨

冰冷的尸床，冰冷的针头，你能想象到古代的
凌迟、车裂、炮烙之刑，都不足以。往往智慧会始于毁灭，
如同言语：天堂唯有弥漫存留，你选择自由，而我则捍卫自由

脖子上青筋爆裂，僭越式的安慰，凝结着密不通风的
车厢，足够一次壮烈。但肯定不是“大”字，多半像钟似的
圆形

停住时针，秒针急促转动。隐约是针头幻化而成，暖白色的针，
尖锐讽刺

第五恨

盛放墨汁的眼神望着，而你习惯脱节于凝视
恶之花，恶之瓜果。在人群朝拜般环游的中央
你破碎一个口子，审判者，捻灭灯丝中危险的成分

死是无期徒刑，开灯的人取道于自己的身体
势必要完成罪孽。西西弗斯的石头，隐喻这间方块的牢狱，
是你在纸上涂抹墨汁。铁栅栏，不过是自画像溅出的边角料

第四恨

逃避与逃避，你野心磅礴的体内，蕴藏东方
而脑中则是断开的画面：扼杀、重建以及用力一搏
血淅淅沥沥，你淋着自己，淋着弑的快感

此前早已判处自己。罪，是原罪。一个悲观主义者的地平线，升起共通的太阳，但逃逸还是源于此，你将证明永不会成为任何与自身相似的事物。落在你的荒郊野外，滴滴到天明

第三恨

你肯定不止一次谈论过爱。温柔的，像两只小猫
舔着。咖啡，是睡眠与爱情的敌人，但对你而言，它的涩，
嫁接来药效。你用中国功夫斟酌，斟，每一口的呼吸

无声无息，恰如你的世人与爱人。再酌，这一口心如灰木
那份自己，与重复的夜搏斗，车轮战，谁知身后之事寂寞?
无奈，我们投影于各自杯中。对饮，我确已喝下你的那一半

第二恨

他者与人间，究竟是何种味道，未曾品出。一些深邃的
猜测，都被视作抑郁症晚期。无任何仇怨，活着便好，
但实难登上塔。你说灯暗、药少、爱轻，需要设置自己的罪

一个“人间罪犯”，莫须有自我的方向，哪又有补偿?
热衷，但说不出热爱，这些铁水游离着。从见人间开始
就预谋灌注，烙印成朴素而宏大的责任。你爱她

第一恨

久久不见的母亲，已擦白了雪，等你回到北方。中国的北方，
黄土地，商榷着浮游的预言。假使一切成真，
家园倾倒而重塑，你将在弑父前，以自己祭奠

“母亲，我最大的罪在未触到你”。但固执着人间的心愿，
能够补合儿子——我最大的罪在你
诞生一个反抗者，在源头，活跃巴彦喀拉山脉的死水

元

交付使命。把恨聚成一个原点，无线放射着
每当你回去，你又来临

东湖之恋

夜里，我们读首诗，
绕过幽暗的走廊，抵达
栖息地。隐藏满身薄荷味的姑娘，
背对她，舀起一勺湖水

不要说，你的记忆
凋零于这勺失眠的水，
我对它一无所知，
无法补充你的故事

湖畔小路逐渐变窄，
你一路向北，
封住口舌的必经之地。
请放心，我必将放弃终点

山水无名，以万千种奇怪的理由
剥夺路标，欺辱整个夏天
一直在宣誓的人。被悔恨缠住，
忘记了，扯你的衣角

悲哀补偿了热情。
没对你说，
我常常因疾病而疼痛，没有说，
陌生的人，请不要爱我

故人来信

你走近时，水龙头正在沉默
滴水。到长廊尽头，封闭自身
来看我，不需要说话。你前年寄出的

那封信，我看完就烧了，并不遗憾。
一生中能真正被称为遗憾的事太少，
我们够不着，我们都在忍受

这苍白的肉体，忍受粗糙的爱。

当我的眼睛坠落到纸上时，我知道
自己拿起了杯子；知道你正在喝水、
写字，纪念这做梦的傍晚。最为艰涩的

临界点，展示属于你我的回忆，

加重荒诞的颜色，比我们之间的距离
更深些点。你变得吝啬，只给我三个字：

我很好。怎么才能开始理解一个人，
随即消失，不再回想旧日恩怨，
不再说悲伤的情话，独自藏起来

为你，在那张留有许多空白的纸上写字：
我不想念

节　日

两人钻入浴室，两人听闻
讣告从荒凉的故乡飞来
透明的门已经关不上
传说中，这地方阳光充足
不存在甜蜜，不存在刺眼的悲伤
而今背叛者终将背叛
他们说，这辈子再也不会见到她
他们说，曾经嫌弃过她的吻
让水再猛烈点，在深夜
淋浴，让他们认识每滴水的真面目
认识到救赎的虚假
那些被捆绑的污垢，再也不可能睁眼
看着自己的眼睛，有时是影子，
有时是宏大的被造物。透过雾气，
他们的身体绘制出彩虹，早餐已入骨。

年轻人准备出门，没有特殊原因，
不要过分责备它。让洗澡水沉寂一夜，
等到早晨再缓缓流淌，到地下，过滤出节日
不要忧伤，孩子，这将是崭新的一天

记祖母去世一周年

我擅长告别，包括你
在我生命中究竟是多少克，
都已被熟练地忘却。

二〇一六年二月，离家返校的前几天，
我的体温是四十度。你踏着最后几块冰来看我，
穿什么颜色的衣服，硬生生变得模糊。
记得我坚持站在门口送你，你走下楼梯，
回头望，说，“路上小心”，好像凝固了
四个字，怎么够我想象和预言。我没有
多看一眼，看你消失在楼道拐角处，
那是此生的最后一面，如此匆匆。
我责怪那时我们租住的房子太过狭窄，
到了我不走你就不能住的程度。我走了，

两个月后，清明，我带着行李去上海，
路上写一首仓促的犯罪的诗，自认为不错。
那夜，凌晨两点的外滩，没有波浪翻滚，
我没到灯火阑珊处，着急登上回家的航班。

回到我们小城去，它依旧小城，
只是它已没有了你，
它也不再拥有任何的我。

空杯子

凌晨五点钟，起身，喝水，躺下
释放了一夜的
痛苦。再起身，喝水。杯子空了，
血管愈发干涸。我试图倾听
这世上每串细微的声音
以及心脏并不快速的颤动
我抬头望天花板，转而又望向窗外
许多楼有许多灯亮着
我看见模糊的光线，残存的诗人
生命即将要枯萎的征兆。或者我
如此遥远，我手中空空的杯子
反射出沉重，插满月亮的眼睛
亲爱的。即便我爱
我又何尝能够触及

树

已很久不说外面的世界，尤其是树
在西北，雪下得很大，叶子落得很快
导致万物成了猩红的来潮：
吮吸瞳孔，吮吸诵经声
掂量这份流亡，就难免少言寡语，
甚至愧于多话。一月，注满血管
同回乡的人们一起，排列着
把玩车票，把玩另一个自己
并非只是撕碎，才选择背对远行的车
大抵是象征。羊皮筏子过了黄河
我深知不安。自决之中，处处皆荒凉
轨道延伸着孤独的动脉
一夜乡心紧。阴天，母亲的关节炎
在西北。她日日洗手、洗脸、穿新衣，
寻找小小的自己，欢愉着，绿色袍子
和巷口的树融在一起

轻羽毛

单：

阴雨的下午，被扇成羽毛的孩子
浮生，在无方向的雨水群中。今日，
他只在南方，固执地再向南流，怀抱河州
背离的方向，似那被黄河抛弃的支流母亲

些许阻隔，像一幅印象派的画
沉默、喧嚣的，泯灭着干燥的纸
他只能在纸的最后一页，描一条线的旧貌
旧貌，默写下来，冷色系衣服的呜咽

曲解现实，使得每一笔都沉于远方
终跳入，荡不起一丝平静。这长河能到哪里？

复：

在拉萨、在天山、在黑河，我们四海为家
最接近时，在青海湖。擦了擦源头的活水，
万千动脉流出，沉沦自由的诸魂。归位
但愿小城的人有空闲，路径结冰的河

素裹孝衣的河，等下一个冬季，苏醒
而我们将于河床之上，享受春天，享受第一缕光芒
打碎语言的本能，重建家园。生之为何？
我们从故乡找到一种暗喻的姿势

——人形摆出的“大”字，大，呼应在盆地的头顶
不谈孤独，黄昏下，我们来说说溯洄从之

无：

视角，轻盈落地。全无，羽毛飘回

轻上。我在中央

陪祖母入睡

大床有几米宽，我拾起子孙的责任
源于一种羞涩：她抵抗衰老，却无力抵抗病痛
我们，这些被继承的年轻心灵，能够略微缓解
但她仍然辗转反侧，时不时会拉一拉我的被子
担心我着凉，担心我久久不能遗忘凡尘之事
而我紧闭着双眼，不愿透露一丝忧伤
我无法想象，我竟然开始关心她的死亡
关心无以延续的家族史，关心死神号角吹动时的颤栗
我的祖母，干枯、虔诚，是一根弯曲的拐杖
钟声在此刻降临，一滴滴黑色的汁水
于我，却比在她头上更加强烈
我们都在奢求，跳过病症，抵达最后的归宿
天已近黎明，想象的白光劈开这张床
缝合了睡眠，以及一夜未归的天花板

此后多年，我都在盯着时钟，转动一层层记忆
我第一次担心他者的死亡
始于一个陪百岁老人入眠的深夜

献给

——为 M 和民主巷而作

不能解读气味。你丢下干枯的影子，
任由新房被闯入，借铁轨擦出的火花
远离睡眠。下床时，两根头发断裂
像那脆弱的爱人，西出阳关

无故人。衬托一轮残月，
从电线的间隙中闪现，将黄昏塞给我们。记忆
藏有父亲，严厉的面容，已逐渐陌生。你无法
扮演一个孩子，买来缩短生命的药剂，

亦或取消晚餐。这车厢如此拥挤，
初恋的故事不能重新植入皮肤，
却从大多数人的言语中凸显，拼凑

预言，驶向一处隐秘的关隘。

夜已深，有些话已变成诗句，另外的
声音被遗弃，别解释，我们需要平静
迎接沉默的苍老。我们的祖先与我们
构成裂缝，玫瑰于此处坠落

到无尽的历史。风干他们被包裹着的尸体，
让已成熟的凋落，让未生的成长于高原。
尽管指纹已抹去外壳，存留一两朵独自散发
味道，他仍长满坚硬的针刺。

想象从沉郁的纯色服饰中钻出，你准备好
千万别发疯。那冰川与森林即将接吻，你可以
寻找，久违的破败的蜘蛛网。在那午后，
你带着姑娘坐火车，告别民众与艰涩的生活

自已（或胎记）

——给 A 的小礼物

行色匆匆。可以毁灭修辞，
你使劲，推动沉重的箱子。像往日的
溪水，时而向前，时而往后

我们路过一间安静的小商店
面包和牛奶躲藏，在柜台最偏僻的角落。
你透明的声音穿越那层玻璃：我就要那个

两天前的篝火，估计已经熄灭
我在你伏着柜子时，想起那堆悲伤的木柴
以及像雾一样的哈萨克小姑娘

我们出门，上车，紧接着分别，

习惯时差。一切仿佛没有
发生。又像一面镜子，格外清晰

天山浮在梦中。隔壁的那对男女，争吵着
将它一块一块敲碎。我艰难地起身
开灯，像一只没有眼睛的鱼

睁开眼睛

青春期

二〇〇八年七月二十一日　晴　河州　回民中学

她的马尾摆动，推门时，我闻到淡淡的柠檬味
透过白衬衣，年轻的荷尔蒙被刺痛。
我害羞地低头又偷偷抬起，第一次感受女性的曲线，
像音符一样，弹奏乱七八糟的青春曲调。
瞬间大汗淋漓，脸颊绯红，似乎我不该如此近距离
看她。我想成为一个坏学生，听她读单词、
写板书，轻轻摸我的头：要多用功读书。
这季节让我晕眩，缺乏灵魂的身体，拼命呼吸
她在夏天开花，飘满整个教室的花香稍显严厉，
叫最后一排男生的名字。新买的钟，掉在讲台上，
拿起后，时针已经不知道转了多少圈。

同样是午后，我戴着耳机走过街头，遇见

抱着孩子的妇女先开了口：××
多年前，羞涩的男生转身，平生第一次叫她老师
您还好吗？看似轻松的闲聊被这句话折磨，
我们都没有说再见。她谈起这些年的心脏病，
那个把她捧在手心里的丈夫。断断续续，
我开始回忆自己爱过的那些女生，像飞着叶子的秋天。
剩下的话不多，挥手告别，我准备此生再也见不到
她和那个发芽的少年。渐渐走远，
人群中我难以分清她的轮廓。一对穿校服的情侣
走过来，男生撞了我的肩膀，想说粗口
女生拉着他走，微笑着向我道歉
我点了下头，嘴里咸咸的，一秒钟前
那件校服碰到我的左肩，小小的痛感
从来都没有逝去

听

Say something I’m giving up on you

大意：不打算挽留我吗？我正踏上和你分开的道路

——*Say Something*

大多数情况下，我们不可能一起睡着，
不能见面，甚至不能想。
这个暴雨忽至的夜晚，
蚊虫注视着孤独，我回忆，或是假设
第一次抱你的场景，停靠在旧石桥旁。
我听懂了水声，他们歌唱，热闹地散场。
左手牵着，你用右手给我戴上耳机，听
Say Something，我们在别人的故事里悲伤，
忘记自由且伤感的季节。说到我们，
记忆要划过无人的大学路。在一家旧书店，
被灰尘淹没，你高高举起替我找到的那本书，
“喏，一个世纪儿的忏悔”。像被淋湿的枯叶，

杀死我的嘴巴。而你竖起耳朵，听
爱情和药物的关系，以及一处隐蔽的诗意。
千万不要走入空寂的花园，盲目找寻
沿途的风景，我将留下足迹，
就像我给你拆开一颗颗糖，走过你的路。
这些悬挂在露珠上的往事，甜腻腻的
失踪。一切源于我毕生结成的苦涩果

入 药

敲门声密集，召唤我往小门行
猜测有远方来客。未料及，开门能制造出灼伤
燃烧，使面容熄灭了假火及陌生，以吞食干裂的方式
这让我丢弃缄默，以至于打破客厅中央的旧瓷瓶

她张口，倒塌的牙齿，许久才掉出一句
“给口吃的，可以吗”
迷人之言侵袭思绪，描绘出俗语：我，可以吗?
灵魂终将放归骨髓，而遗迹趋于想象，缓慢破碎

宴席已结束，偏偏只遗留下一些剩饭
我哪能用残损触及她。一张饼还算完整，
羞涩中，她铺平粘连的皱纹
手能将一切变形，食物则慌乱入口

情急之下，我拿出过冬的肉，却被母亲阻挡
胃紧缩过，不易承受过猛。那我们就尽力慢咽
那年代，被时时默念。她急于分享
距离，对我而言是太过遥远或模糊了讯息

诸如此类，她一口咽着明白、下一口又糊涂
我可以找到年轮，崎岖地写着九十。可这尺子要是
再准确，那时她恐怕已经埋了老头和子女
耳旁怎得聒噪，是谁吸纳了无名的丧钟声？

一切都源于我相信她的自溺，逐渐撕裂记忆
我远离。即使再厚重，那份亲缘仍属于丰碑，稀薄
只属于她。何须蔓延思考，长河里万颗眼睛已充血
我对密集恐惧，但还是选择参加这远古时代的葬礼

风从地里窜起，我说一定要关门
她却起身颤抖着寻找，盘缠远比路途重要
一声“砰”，不留痕迹，人消失于隐蔽的响动
我索隐这种脚步，老人难以走出，强加神秘于此

过后，我独处良久，对着墙说话
语未毕，考虑到用词的问题，沉重或是虚度
的确，地方志不及一颗灰尘
但久病成医，我懂得采摘草芥

客观形式上祭奠。怜悯时，无关立场
历史晕头转向，而遗漏的扭曲，值得细品

失　眠

彻夜，我朝向水杯，如同朝向
山丘和绿树。不眠者洗净两手，悲伤时刻
甚至是握不了路途。两旁的路灯，挺立
亮出黎明前的光线。正前方，走路的人匆匆
我转身看到后面，看到走着的自己
向路的深处再行，路
让我再看看，看得清一点

这豆子般大的天空，我的怀比你宽
想到亡故的祖父以及猫
轮子十足转动，一心一意
妈妈，你别缝衣服了，我心口痛
到哪里去呢？哪里才有日出
就太阳而言，我是儿子
白日里，众人的路，现在我一人

风从耳朵进入，从眼里出来。狂奔着
假使有井口没盖，我掉落
千万不要寻我，我去大地的心脏里
去污浊里，升起
总有人，一把刷子自顾自地清扫
扫未知死亡的少年情绪
扫我们共同经过的方向

等待。名叫相思的湖泊，你也胃疼
我逼近，活水、死水，请站起
十字路口，没有人撞车、车撞人
环顾四周，我长高数十丈，钻进云里
害羞的星黯然神伤，挥着手
而我俯瞰，珍贵人间的烟火与天堂

不想成为一个诗人、一个创造者

肩膀给我，那骨头撑起我
这早已遗忘、遗忘火柴的孩子
你留落一片，漫溯来处
日光，我说等你
懂得你明媚，太过漫长
同样长久，涅槃过后
爱情、粮食，包括父亲，我都需要

眼眶流下的不是思念
是尽头，这里是尽头
双手无力，仍想托起你
你会醒来，在我未睡之前

我呓语一个夜晚，重量倾倒
爆炸成了原子，你知道吗？
那是构成你，构成地平线的
醒。今夜以后，爱的透亮

自行车

（当你写的时候，你就写）

　　他负罪的一只脚
在车上，另一只脚悬空。
“活成自己的模样，多好”，
他过早地说出约定。自己是什么？

无所谓，反正你已勇敢作别
亲密的友人。将蓝色自行车扔过去，
在他身上，几次出现离开的征兆，
又再一次停下。那是残酷的

爱或委婉的欲望，不能写出清澈的字，
亦不能摆脱你和你的地狱。排着队的
旅人，数无穷的时间，一报接一报
终曲，变幻出没有歌词的民谣。

背吉他的少年是最后一人，他提前唱
残存的结局。挥霍甜味，你永不再
孤独，像停了几十年的老挂钟，
体积小于流亡地，盛放着苦涩，

就此被封印。那辆蓝色的
自行车，刻下你该刻下的历史或吻，
划掉包含任何一个她们的
冬天，不是每个年轻人都可爱。

他彻底粘在车上，眼睛一动不动
往后看，车子极速向前飞去，
驶入即将迁移的鸟群。鸟儿们在彼此清洗伤口，
他擦了擦额头上的汗，从蓝色自行车上站起，

怀念身后无数悲哀的人

挖坟人

他穿着浅蓝色牛仔裤、军绿色上衣，
这套工作服，干干净净沾满一层泥
他总以肮脏的模样面对死亡。
扛着铁锹穿过低矮的土堆，
穿过混乱的草丛。从另一个墓地归来，
他像离去多年的人。今早在这里挖了坟，
要埋今天的最后一个亡人。
再次跳进坑里，黄土要淹没他的脚踝
所有人都看着他，从坑里再掏出一个坑
那些破碎的故事，那些旧年的借口
随着刨出的黄土，飘散在风里
他的手抖动着，匆匆举高，
每一下都急促。被雨打湿的土，
溅到人们的白衬衫上。没用一会，
他就坐在坑里吃馒头，手依旧抖动，

混着泥和草，大口吞咽
还是那些人不满，逼着他加快速度，
就像他们在这里的时光必须屈指可数。
他扔掉一半的馒头，恶狠狠地再次拿起
铁锹，在外面的人眼里，轻于饥饿
不懂得忍受，对于死亡，到底意味着什么
大汗淋漓中，他终于掏空大地，
整齐得像修起了一座房子。
那些人流露出忧伤和欣慰：这坟打得结实，土质好
顺便偷偷观察，猜测这亩地的价钱
亡人的儿孙被他拒绝入坑，“放心，我会安顿好”，
这是虔诚的承诺，他要坚守自己的阵地。
动作有些粗鲁，熟练得已不需要小心，
像快递员打包一件物品，放进去，寄到远方
安排妥当，坑外开始出现声音，哭着喊着

只有他面无表情，从两米高的坑里跃上，
没人知道他在坑里修了通往今世的捷径。
他给坟里的老人撒上一捧土，谦卑地离去
只有子孙们竞相拿起铁锹，奋力地填满坑
走之前，他低下头，“可以轻一些、可以慢一些”
没有人听到他说这句话。拿着结算好的钱，他转身
这个人一辈子都在修建他人的怨念和归宿，走过一生的
无奈。从一个坟坑到另一坟坑，他不知道谁来
修自己。在细雨绵绵的午后，他浸泡着、颠簸着，
为自己、为每一个人拖延时间

安眠曲

是哈姆雷特低声抽泣。
他停在那潮黏黏的凉席上，抽取
湿润的空气，抽取她已结冰的汗。

此时塑料袋渴望装些什么，在这阴冷的
呼吸中，她那纯黄种人的身体
急促地舞动。多年前，她亦是如此

朝我招手，无数次，无数人的手
和她一起将我包裹。我说，天
早就亮了吧？我亲爱的人，

请允许我的右臂颤抖，模仿你
煞白的唇。在雷雨与雷雨之间
重逢，我自然要靠着铁门，伸直腿

迎接我们相信过的蚊子。它吸血，
从我耳畔飞过，我听到
爆竹声。从黎明到黄昏，

从摇篮直到坟墓，你让我睁着眼。
我的爱人，我们没有理由不相信，
我是恶人，我永远都不幸福。

凤凰夜景

雾气难以从连绵的大山上褪去

跟随夜色，我们走进凤凰
传说中人赶着尸体走的地方

两侧的红灯笼爬上脸颊
他抱着吉他，面前站着几个姑娘

小雨湿润，石板路
通往神秘的少女之树

日子将过得很慢。灯火熄灭时，
他转身，重重地敲着木头门

一个没看见鬼魂的下午，雾成了
与万物相关的躯体。他告诉我

我爱上了所有像你一样简单的人

在马雁墓前

我听闻你低吟暗语，在已逝的
二〇一七年，海水曾从脚底上升
联络白的红的黑的墓碑
在亡者与我的身体之上
海是陆地之子。一生探寻归
于造物主之通道。我提起行李
远去，终将归来。那些卖花的
卖烟的小贩在身后，鞭笞幻觉：
请带走箱子。这是新的十二月，
我们看你。反复转圈，一米
两米三米……不敢寻到别的人。
但飞鸟毫不犹豫，触碰恐惧，
惊动隐藏的鼓风机。此处
一个人的园子，不断缩小
墓之间的距离。抖动碑文，

停留超过两秒钟。我的都哇*
在唇边徘徊。棕色的猫闯入
我，坐在阿訇的自行车后座上，
他让我一个人进去。亲爱的
今早睡迟片刻，我请求他们
引路。过于曲折的路线图，
用逗号暂停我哽咽的欲望。
是永别吗？在你我的栖息地，
天与空，谁也无法阻止一束
叹息，一颗期待被抹去的胎记

* “都哇”：阿拉伯语音译，意为祈祷。

小型演唱会

结束，想起十年后

一

我确定，我卑微地活过。在这灯光暧昧的房子里，找寻睁开眼睛的理由，比说话更重要，再重一点就是闭眼。午后，我不再参加他们的聚会，不再谈论那些比我早死的人；独自返回，将挎包扔在堆满旧衣服的床上，再从中捞起大裤衩；顺便喂那只饿了一天的猫，自己也简单吃点东西；自然要打开电脑，胡乱翻看，美国大选与美职篮一样，只能在眼前停十秒。其余时间，要为跌停的股市和膨胀的房价而忧伤；自主权在我，可以关电脑，用手机看朋友圈里的朋友们，他们变得凶猛异常。这时，窗户要关紧，我这个钉子户，必须在夜晚藏起屋子的艺术感。手，触到书架，前几年买的诗集扔了许多，导致我只能偏爱李敖，他很会骂人。无数驳杂的想象汇入一处，那是床，在北方，他们称其为炕。当我躺下，世界就上升，那我就一直躺着，想那些小巧的南方姑娘，她们的南京要比兰州更湿润。没有人说不对，亦没有人赞同，我开门，走出去，吃一碗牛肉面，直到凌晨三点，望着风韵犹存的老板娘施舍笑容，才能匆忙回房。终于可以闭上眼。反复校对白天的修辞术，念着曾经说过的那些情话入眠。此刻，五点钟不再是隐喻。亲爱的，如果我们分离，我们就必须分离。

二

当然，我很害怕，或者我希望，这一切是梦，
最后要醒来，要死乞白赖地被预言。台上是
抱着吉他的少女在歌唱，台下是拍照的众人。
为何偏偏是我想起那些事，为何我手中没有
一杯水。身旁坐着一对情侣，拥挤的椅子上
我们碰到彼此的肩膀，没人顾得了地面潮湿。
大家忙着翘起二郎腿。墙上是印象派的名作，
我们仿佛一群耕田的农民，在不同的草垛间
相互依靠。许多人因此张开嘴，包括台上的
歌手，她的力量盖过话筒，这让我决定移动
视线。慌乱中，我瞥见一个中年男子低下头，
他没有声音，雾气遮住眼镜。只有泪水清晰，

在干枯的脸上一直流动，最终停到口罩边缘，
那被他推至脖颈处的口罩。提前结束演唱会，
这时间恰好等于二十岁与三十岁之间的距离，
充斥着色情的味道。我们再次坐车回到城外，
一路上不停地说荤段子、唱着《加州旅馆》，
想象家乡的湖水与村庄，能不能让我们睡着。
“年轻人，快到了”，出租车司机敲醒坐在
前排的人。最后，我们脱去衣服，将头伸出
车窗，挥着手，好像身后有人同我们说再见：
没有了英雄，请务必勇敢地回忆爱情和死亡。

爱资哈尔

复杂名词。在一辆老旧的公车
缓慢压过蓝色街道时，显现出
占领鸟群的欲望。仿佛能看到
自由的形状　　　拉着我的手，

我问她，带我走好吗？我喜欢，
喜欢极为抽象，从车胎旁发芽
爬过来。他最初的词根是拒绝。
青春是死去　　　我是每个人。

他偏爱讲道理，让人反复悲伤。
悲伤时，他上车读诗：我们去
漓江或别的什么地方，来一次
简单的旅行。　　什么都没了

想象中，他满大街找住的地方，
最终在一间小旅馆，我们睡着。
单人床使汗水混合出一种声音，
我说抱着我。　　关掉床头灯

你不得不承认秋雨来时，还会
想起她，想起送她《金粉世家》。
梦回，你应该送在路上，哪怕
乡村路太陡，　　不适合做梦。

二〇一四年九月十日下午一点，
南宁，大学路，民族大学门口，
挽起衬衫袖子的男生，我想问
你有爱人吗？　　你应该忘记

茴字有几种写法。当她想象你
给她取名字时，你用指尖沾着
茶水，在餐桌上划拉。你说你
爱你的姐姐　　　　让她拿去用

那名字。爱资哈尔，是最后的
痕迹。在那间新建的清真餐馆，
她看着你的手，摹写新的词语，
摹写新未来。

纸

一个等待的中午，我反复描摹
那句话，串联这温润的几分钟。
纸的正面写了一段，背面也写上一段
室内安静下来，善良的人啊，
我始终没写好一封漂流的信。
蝉的号角已吹动，在窗外
他仿佛忘了，这是充斥着咀嚼声的
冬天。我来自中国西北，
要告诉你一些南方的秘密。
许多词被扔进纸篓，
亲爱的逝者，你来告诉我
纸上虚构了几朵梅花?
我又后悔扔掉了
哪几句俏皮、放肆的话

亲爱的

（并非只为新年而作）

未曾到过，我只是怀旧的人
这里是陌生的，恰好
我也陌生。奇特的相遇，一众事物
是锥子，立在这一刻
循环着刺，刺所有经过的卑微与宏大
偶尔幻化成一株花，乱溅花粉
于显现人类，寻求无谓。
陌生，肯定有人欢呼雀跃
其中有沉默的诗人
最平静的，往往来自最聒噪的
词语。我不得不想象这尖锐的物体，闻鸡起舞
或整夜未眠，都当作一种无用的争斗，都是重复
重复明日黄花。取暖又如何？迎合又如何？

亲爱的，你何必这样，你何必推辞
我们被剥得精光，即使隐藏臃肿的高贵
你说“我喜欢这种怅然若失
而又不曾离去的感觉”
我选择相信你，可是亲爱的
我们的陌生到哪里找呢？

叶小晔

请问。请问有人见过叶小晔同学吗？

她像竹笋那么瘦，穿厚羽绒服，
戴帽子。长头发，或许又剪短了。
她身上没有香水味，爱跳着走。
我不是没见过。在妈妈暂停注目礼后，
我紧紧攥着那双手，假装
她是领袖。我爱她。在机场，
我替她填表格，一直念
她的名字、性别、学校、住址。
随后转身，妈妈们见证，
我们接吻了，唇对唇，轻轻地，
轻到谁都能了解她皮肤的干裂。
行人们观看这仪式，
仿佛此时我们是胜利者，在此地

结婚，说结就结。对，不是戒，
我再搂紧她。妈妈我找到她了。
“你信号不好？”“我说我找到了。”
半醒半睡之间，母亲让我吃早餐，
不要虚构豆浆和油条，“那个饱不了”。
我起床，收集掉落的头发，最近
它们一抓一大把，动不动就铺满枕头。
这是搜索器吗？慈悲点，帮我找一找
叶小晔。你们不许失败，
在感冒上身的午后，不许
复述叶小晔不存在的名字。

II

至尊宝：那个人样子好怪啊
紫霞：我也看到了
至尊宝：他好像条狗啊

——《大话西游》

循环。在最后一刻，盥洗池注满水，他缓缓地
将头泡进去，整个身子弯曲，像一只被煮熟的
虾。这是她的味道，汹涌澎湃，稀释了他的死海，
朝回忆扑来。他憋着气，眼前冒出许多水泡，
反射她的颜色。一颗颗，随着节奏，破碎。
她比他更想活下去，可以什么都不喜欢，可以熄灭
篝火。她看着他，说生活的本质是建一座房子——
宿命。死死地提前刻在背上，像胎记，
他不能摸。看着，一直看
到她离去。那一天，他刚满二十岁，

夜灯像一块沉甸甸的黄金，让他急着买算盘，
想算算余生究竟还剩多少。他不敢悲伤。
拔出头，水真流了下来，从眼睛、耳朵、嘴巴、
头发还有鼻子的所有出口流出。流过他
赤裸的上半身，流过那块胎记。
今早上，买豆浆时碰到小偷，像极了当年
偷他手机的那个。那一年，他还牵着她的手，
她不停地按着他的心脏。他们坐车，
与小偷打架，第一次穿过地皮上城市。
她不在了，没人会偷他，放心吃早餐吧
低头时，看到她坐在对面，硬要他喂一口
他习惯了，但又不得不擦干净眼睛。
晚上的风特冷，他坐在窗口抽烟，要披件
外套。万宝路，是他写给她的那首诗，
是一条路，从未被改过。后悔的事不多，

为什么没多做一件后悔的事？哪怕是一件。
你看，你说的遗憾。你好，
你的九月。我们照着那预言走了，但我总希望
它出错。你说得对，我没出息，我不敢
爱。

叙事：不死的鱼

从小饭馆出来，他打包了一条桂鱼，
在白色塑料袋里若隐若现。被挂在自行车后座上
途经江边，鱼在袋中翻滚。他告诉自己，
煮熟的东西已没有生命，但不知为何
他额头上的汗开始蔓延。直到衬衫被浸透，
他才感到自己处于蒸笼之中。呼吸急促，拼命前进
到下一个路口，停车，开始呕吐
的确，他不适合吃下其他生物

三个小时后，他走进家门，炉上的水在沸腾
快速打开塑料袋，他看到那条鱼，正眨着眼睛
恐惧让他晕倒，不知过了多久
在另一个黄昏时分，他被门缝里漏进来的光吵醒
他们在唱歌，围着篝火跳舞，接着甩出

巨长的鱼竿，伸入乌黑的江面，
月光被打碎。他独坐一旁，
被钓起的……

叙事：秒针

每天清晨，他都要抬起左手，移动
再落下，按床头柜上的闹钟。声音熄灭后，
他绝望如一只被撕掉尾巴的松鼠，
自言自语、心跳加快、发呆或是跳起来。
衣服和裤子匆忙穿上，敷衍地刷牙、洗脸、刮胡子，
刀片不小心蹭破皮肤时，手机开始响。
他戴上手表，看一眼门口，座钟摆着沉重的腿
旋转，像一只陀螺。他加快脚步，
未喝一口牛奶，拿了片面包就出门。
公车、地铁，他可以选择任何的交通工具，
他选择不了目的地。抵达的自由仿佛一段传说，
那时他十八岁，从大山深处，穿过一个个隧道，
他来到城市，不想牛羊，不想山泉和麦子。
此刻，他无法责怪钟表，就像他无法悲伤。
在办公室，纸张和墨水调整人的节奏，时间

穿过山河与人群，穿过城市的混凝土。
一场紧急会议接近尾声，他盯着对面楼顶上的
一个人，企图解决最难的哲学问题。他低头，
手表、手机掉在地上。捡起来，数字被固定，
一个人的一生，如此迅速地停止。

烟雾风景区

昨夜，匿名电话入梦来
保留那副好皮囊，在影子中
切割许多梦。像个罪人
吸光了迟到的雾霾

伊，赞美诗？赞美无关生死的
自由。化作与人同岁的幽灵，
朝我们十三岁的夏天走去。
她是她存在的另一种可能性

形式主义的青草爬上臭水沟，
她曾用此绘过地图。荒唐的人，
是时候了，你该清楚我们在跷跷板上。
一首诗，又，不仅仅是一首诗

她不知道。我和一群人坚强地
生活，变成了胖子。时常能看到
有人穿过烟雾飞奔而来
已经十年了，我想她

新风景区

不觉间，你开始习惯曾经厌恶的事，
兴奋地跳入二十一世纪的尘埃。
当一个语文教员，从归去来兮
讲到天尽头。人群中，

浪花涌动，挥着手告别
往日。追逐你能听懂的秘密，
呦，你成了二十一岁的大小伙子，
一生中最想送走的玫瑰就此绽放。

我羞愧，已显露出中年人的
疲态，像父亲一样心事重重。
按按太阳穴，在秋末的中国
南方，我从你身旁飘落。

哪里能缝合我们的遗憾呢？我买了
去小镇的票，据说铁路不久将会开通，
载着全部的荒凉的孩子，驶向严格的梦。
我们二十二岁了。这是你的新生活

反风景区

反的反面刻上返。要说放弃
之乎者也，诸公子大多不愿意。
特殊月份，樱桃早已谢了再开，
蒲公英捉弄使命感，催我远离
风景区。同他人停在公交车站，
进入的是我，而他隐藏在角落，
鞠躬、磕头，讲出他的理由：
罪与爱展示科学的魅力，先生，
你知道荷花不止一只脚。
他曾来到我们中间，说不要恐惧，
你说，你们说，谁当此时的船长？
你们说，换我来。换掉
九月的名字，召唤新月与残月，
驰骋在迷路者的桃花源。
应当存些囚徒的味道，以此清洗

地平线。融入那女人的故事。
年轻人，咣咣敲门，他们有节日，
性感有主见，同时吃不饱面包。
对了，故人会弄炸鸡，金黄色的
动物懂我们没吹牛。
挖掘一间游乐场来安息。好人啊，
你吹口哨吧，使风景聚合

女人风景区

旧事已被涂改，他在碎情书上
画她的名字。新年毁于此刻，
毁于撕掉崔健。一无所有吗？
他问，被水和盐反复泡过，
初二的那次郊游后。他们告别，
不再丢对方到溪流中，学习
书生百无一用的道理。我听说
你哑了嗓子，离开北方。
那时，你的爱人们，隐藏
狼叫的恐惧，重新生活，踩过
麦田，直到无聊的尽头。放弃。
南部小城，你搬运自己，
不敢闯入人造的壳。既是沼泽，
还打什么架，泡什么妞，没意思，
待在口水的乐园。多好。男孩们

穿越生的丛林，成为男人。你
习得防身术，融入一处瘀伤。
男人自有男人的小渠道，
他返回郊游的地毯，吃牛肉
炒土豆，甩掉洋葱和青椒。
在山的阴影中，没人需要
产生写诗的犯罪欲望。

寻人启事

“只在此山中，云深不知处”*

六点，还差十分钟。西门被挖掘机占领，
它伸出掉漆的手臂，将这条小路切成两段。
我和没洗澡的小甄，在机器下
面对面站着，猜测对方会不会先跨过去。

我闭上眼睛，再一次复习下午读过的
句子，来源于偏爱雪花的诗人；我再一次生活，
再一次熟悉米粉和菠萝的味道，不停地抚摸
那些亡者在丛林中睁开的眼睛。

前提是，我得看见。透过云在动或我在动的幻想，
看见，并让一只逃到山下的野狼原地转圈。

* 出自贾岛《寻隐者不遇》。

“这就是只哈士奇”，短发的女同学牵走它，
骑上共享单车，她们跑起来，她们逃离。

失败了。在多次怀疑过后，
我们一直往后退。没人注意到，这些日子
重复着历史，重复折叠的姿势。
我感到悲伤，为那双推我的手而悲伤

河　上

"寄来的风景也暮色苍茫了"*

1

河上生，河上死。
小县城等羊群从西边来
组建新的村落
发誓自此学故事

普通人常在桥头散步
何年何月起，重新被分配。
赐他
赐你

* 出自卞之琳《距离的组织》。

2

风景倒真是风景了
待沙尘重燃，想象
囚禁一场雨的晚餐
我们洗净双手，用上刀叉

旅客*可以享受疾病
用这呜咽的灯牌宣示主权
再学习新词汇，翻翻合同书
“保卫她的生活”

* 某地称营生为“客”，如奶子客（卖牛奶的）。

3

铁路通车后，我们吃新玩意
烤腰子、烤羊蹄、烤羊肉
全是肉与肉的冷战
姐姐都无法公平处理恩怨

她捎来父亲停在宿舍外
舌尖烧焦，有淡淡涩味
偶尔也引发雷电
十指关节沾满粉笔灰

大河家

“任世界再大也不难找到黄河，河水一直流向家门”*

从贵德县启程
离家的人从故园返乡
大河退回五千里
水是一块无欲的薄荷糖

骑骆驼的人在何地停了
听泉水说难解的经
大河家隐藏许多古句
唱水的无情和一点引力

慌张的草爬上红山石
抖抖裤子掉落温柔夜月

* 出自张承志《大河家》。

这石子刻上大禹的手
消息传来就紧抱自己

一切静悄悄无肉体
穿衣打扮的人重复咽唾沫
大河再流五千里
春夏秋冬辗转还有人问吗

松鸣岩

唱花儿上去高山
制定这流放地的制度。
送乡亲莲花一朵
开辟新的风景。
人群常有灰色光，
野炊时，停驻她的公园梦
想。莲叶包了些野果，
帐篷灌自己的风
女子焚烧往事
鹰飞过无名溪水。
几十年，他放慢音乐
三魂六魄全震碎
何时起写那么多风景区
不知此地早已重建。
饮料瓶联合塑料袋

树木联合土壤中的脚
可以见证吗
想起滑雪场初冬开门
毕竟不属于我们了
他触碰遥远，拧紧瓶盖，
装上琴弦去哪个塞外

河州城

藏着太多秘密。
公路旁的小野草，
撞击车窗的蝴蝶全都是
死魂灵。还有许多人竞赛
冷漠与抵达的速度，
不停地急转弯，急
转弯，在最后一个路口。
眼镜上凸显隐晦且无力的
光，由许多灯组成。
一起往山下滑，我在
滚动中常说谎言，
编织无数的罪愆。

太子寺

伸手与否，她都带我上山，迈开腿，
闻着轻盈的泥土。土静悄悄地走，
像脱下袍子的大王。使我们不得不相信
头顶那块荒草地的事实——
长出过农作物吧，应该是
一群生气的洋芋，或是爱笑的菠菜。
这问题非常严肃，在踏进她的小天地
之前，催促古时候的孩子敲门。
有时候我们到了，有时候
往前几百年我们到了。继而是漫长的
玩笑和谈话，等一种被挥霍的战争来临。
太子消失在寺内，寺消失在太子中，
以哪种方式疼痛并不重要，应该是
一杆生锈的长矛，或是融化的冰块。
另有调皮的风跑来，催促土和土握手

言和。公子扶苏抑或鲜卑太子。
没关系，在秋收时，脚底会格式化，
再长出无数人修建堡垒（蜜糖室）。
来不及送太子的传说上大学
来不及接寺和庙的故事回家
太子山就飘起了今春的第一场雪
我们倒立起来，化用这善良的姿势观看
一片白一片红一片绿的森林

果园

总有兄弟长居此地
可果园有自己的爱情
没有果子成熟
大多是出走的人
有些年为了情义
拿绳索捆朋友在背后
果园从东搬到西
从河上穿过中国的南北
遇到远游归来的人
常常说船上的风浪
他们遇到绅士祝福
扔掉的书常浮于海面
新故事偶尔入过梦
在果园中钻进钻出
买的公牛队球衣也褪了色

戴上草帽咬一口想象的果
溅出的汁敲打劳动人
我们循环这浪渡谣曲

北　塬

写小说要常爬树，虚构能力上升，
再遇上倒挂的人。有时他也站在门框上，
有时他藏身于书柜，像御林军
包围这著名的幽闭恐惧

二〇一八年太近，一九八四年又太远。
刚从下放中归来，他说你不对，
那是迁移，也叫十二级台风

房子曾在漫路。我知道
父亲生于那里的某个牛棚，他含水，
“那地方不好”。按着时间的心脏。

某天手术成功，他搭桥过河，
说从不把这当悬崖。事实在一九八四，

他的确一个人挖山，掏了几个洞

娃娃们有家，而更远处熄灭
少年的星星。在记忆起点，
我渴望上山，成年后，也常写上山

去看守门的脏黄狗，去看满山枯草。
如果悲伤，就看山的东西方，
东边是墓区，再往东是学校和游乐场

这是我逃窜的风帆。听粮食变蚂蚁、
变成幼小蜘蛛时，我低头问他，
这地底是否窄小，是花园吗？

苦的人，上山喝过浓茶，

那被捏碎的茶叶沉于杯底，
像他和他的第二个母亲

再梳头时，我听说拆迁款已到位，
留下的人在品尝汗水。
这些在生命里进进出出的客人，
来，我们煮茶多喝一曲

她

她将我引向一片幽暗的领域
我第一次看见，这个女孩的场景
曾用想象抵达，热闹而欢愉的时光
纪念，同样阻隔我们的一滩水
被寂寥和黑色的脚印踩上，在夜晚
溅起她无数的样子，将我置换入虚幻的
梦，碎在镜子中。
而梦中的梦，一次次误入
此前各自耕耘的南山，常落叶
我们或许可以说说叶子的形状
一道温润且直接的闪电。水从中提取自己
只会阻隔我。散进每一粒灰尘的
你，在这个季节，根本不下雪
但记得常伸出手，我会抓紧一块湿淋淋的魂
再覆盖绵绵细雨，这些转过的圈
假设远方，某一滴融化的冰

看花海

我曾幻想。我们一起去看花，
数那些玻璃似的肉身、绽放的疼痛。
在荒芜的远郊，我藏匿于一片花海，
你跟着躺下，彩虹横卧在你身上。
“可以看到自己的影子”，你调皮地跳起，
顺势舔了一下花蕊。刺眼的薰衣草包围过来，
仿佛这里只剩一个人。穿过花丛，
到最远的地方看我，那是你唯一真实的去处。
有几个人拍照，有几个人闻着花香
只有我想你的手，会不会采下一朵
我的西域，与碰到的杯子同碎，
水扑倒在纸上，字迹模糊了不少。
纸马上立起来，映出一个人，但我不可能认识
我，取自纳喀索斯之血。“爱上一个人，
却永远得不到她的爱”。在我的右侧，

此时出现一个女生，我闻出劣质的香水味。

记得那天，我们出门右拐，天空突然飘起雨，

逼着我们回家。从此我远离远方，

我们没有一起看过海

就算是花海也没有看过

理发师

为了剪小辫子，我误入
小吃街，是魔方又是玻璃球。
他等我当朋友或情侣。大概是
首次见面，这个年轻人不明白
过俩月他就会白了头。我的要求
简单，就小辫，剪或绑都可以，
怎么好看怎么来。先洗头再按摩，
剃刀呼来唤去，小小的轰鸣声，
不好意思割掉肉。他讲故事
比理发熟练，说小说家都这么骗钱。
再次挥别，雕刻艺术丢失于天上
人间，别故意模糊音乐悲剧。
我修正自己的历史。那是二十岁，
两年前，禁地破碎过。
老朋友的手术正常，种玫瑰

在胸口。玫瑰，不是在柜台上?
他从头复述故事，说完我们
再重新认识。结婚了，
媳妇和老妈让我剪掉小辫，
我来找你。这是冬天的招牌，
他拿着玻璃杯，站在卷闸门前。
不做了。我是俗人，
我说。就不知道下一刻谁要离开。
手中的烟燃尽，完整的，没抽过，
像一炷香……

现刊阅览室

很多时刻都特殊，就像我无心的
错误。在现刊阅览室，包含许多人的面容
翻开纸张的肝脏，找一些奢侈，找寻字迹

又开始检阅一列列军队。皇帝穿着大袍子，
他们近乎冷漠，脖颈从未支撑着头颅
亦或是每一个都有竖立的眼睛，剥春天的衣服

其实我恐惧，一间房子独特的地方
比如这里，特殊的安静，某处突然钻出的冤魂
在阅览室，观看本身具有不看的意义

窗户的玻璃有小洞，而门常常禁闭
组合出女人的手，手指冰凉且细腻

按开关，灯一闪一闪地亮着

面对黄昏。它主要在现代与现实中生存
但每每接近夜晚，一个角落总会有一个人

招魂术

黎明来临时，你要低下头
要试图理解每一个重生的理由

你不能悲伤呀，
可以愉快地陷入生活，像一只蝴蝶
偶尔撒娇，假装不飞起来。

别打开窗户，别盖好被子
一定要从梦中解脱出来

那个从床上掉下去的少年
没事就贴在地面上，数星星

我爱的姑娘，你不知道
大多数人挺幸福。我要逐渐破碎，

给你写一首诗，完美你的年轻

回家之前，请你提前来信
我没有关门，我出去迎你

平衡术

自从离开，我便总藏在浴室
等待。水的均匀落下，使我又躲在一侧
暗想恐惧的逼近，那所厌恶的气息
寻找我。曾无数次思索
关于吃的问题，再次变得艰涩
画面分裂出他，成了一道沟壑
食物藏于触手可及的彼岸
我们为何远离？逃脱叩问的
时机。饭馆变作空荡荡的森林，
一棵棵树自己逃走。我与他相距一米
现在我反复洗自己的身体，蹂躏每一处领地
我在想象浴火缠身又无儿无女的
未来。即便饥饿，你也张不开嘴
想到这，我洗澡的次数变得更加频繁，
时间变得更久。大多用来看洗掉的污垢

少半用来抚摸渐老的皮肤。剩一点时间，
我会祈祷般回忆，一个处于彼岸的老头
他从不说吃饭，他从不说干净

虚拟术

一切疲倦开始于我们醒来，在阴沉的下午，
不和谐的音调响起，是我要告诉你的事：
我们曾穿过那城市，肩并肩走在大地上
发誓……
那些日子，我们没多少时间
看风，奢求永远待在同个地方。
你不知道，五六个坏小子揍我，我还不了手，
最锋利的生存方式就是手中的笔，
然而笔也屈服于多变的天气。唯有你的颜色
总保持鲜艳，时常吹我的头发，
说些独立于谎言外的旧事。
你把词掰成两半，从不赋予它们意义，
我们彼此依赖，相当于血滴到水中，喝就是咸的
大多数人的嘴唇开裂，苦涩包含着伪证

连荒凉都变作一台挖掘机

记得当年你爱笑、总爱说，

“我们笑笑就散了吧”

逃亡术

最后她决定只身一人去北京
在机场，登机前一秒，她转身
向火车站走去。同样的两小时，
她还是决心撕掉手中的车票

有时她感觉自己坠入情网，她不能
逗留。需要向外，挣扎这一次
不能把爱交付给她认为想爱的人
模糊的时间，每一圈都呈现色彩

像流水中的叶子，缺乏具体的安全感。
她撕掉长裙，将行李丢进垃圾箱
连同上一个男人留下的日记。没人看到，
她的左胸，一块被烟头烫出的疤

沿着铁轨，冰冷承接寻找的感觉
她看到每一个人，在时间里的
暧昧，成了给幸存者的玩笑
局部有一些花花草草，跑着几只山羊

在现实的缝隙中，这失明的女子
选择那只黑白相间的羊，骑上它，
以为胯下是白马。终究是错了，
她毁灭一个词，也不能被称作王子

对折术

我们都渴望撕掉自己的名字
坠入无人知晓的迷境。发明亦或是创造

当然，我并不排除这存在于我们的阴谋中
他说，折一下、折两下
无穷无尽的奢求抵达，抵达世界的另一终点

那里是怎样？我手中的这块纸团轻盈
他慢慢地拆解——
你看，这就是一切

原本，反复对折是无结果，只需拆开
永恒以外，雾中闪烁着的星光
我相信自己从未如此相信过

一个早已撕掉名字的乞丐

小诞生

关于夜晚，我们的唇曾贴在窗户两侧
偷偷藏起来的初吻，浮动的白霜
它几乎让我们回避彼此的爱意
我像一只瘦弱的豹子，被泡在雨的杯子里
放入、提出，水溅到被隐藏的事物
手指留下指纹，叠上另一层指纹
熟悉又胆怯的语言。你调皮得像只小山羊
“我们走慢一些吧”
前方还是雨，小小的幸福存留在抵达之外
叶子后面会藏有陌生人
隔着茎叶，触碰你的皮肤
轻轻问一声：嘿，你过得还好吗
我叠好伞，同时整齐地摆放吻和拥抱
你即将走进每一栋楼。习惯性转身

习惯朴素的念想。夜晚诞生在原本的寂静中
我敲敲自己的心口
一面镜子缓慢展开，你在里面照我，我照你

小春天

被压缩变形的季节即将过去，
我许久不写诗，却总被凛冽的风叫醒。
那时我们即将分离，三奶奶的脸上溢出水，
未流出征兆。像刚出生的婴儿，
嬉笑、好奇、摸索、泪眼蒙眬。
餐桌上，奶奶和三奶奶各吃了一串羊肉，
我吃余下。她们说，肉烤得真香。
她们谈起五十年代，爷爷和三爷爷的裤子打满补丁；
谈起年少时，根本不懂爱情，未曾见面就托付一生。
说到六十年代下乡、三年自然灾害，
她们说人活着不容易，一辈子过得像一早上。
我给她们倒茶，除了茶香，没有特别的味道。
母亲对我说了许多遍，趁着“活”
多多相互见面，我在犹豫与不耐烦中，自我救赎。
告别时，奶奶抓着三奶奶的手不放

“明天谁要先走，都不知道，我们在这，多说会话”，
她们索要此生所犯的罪愆，互致祝福说原谅，
谁都不知道，我们就此匆匆分离，
我们过早说出结局——
一个多雨的日子，哥哥告诉我，三奶奶走了
十几天，一直没有跟奶奶说

小滋味

许久没有去
湖边，已经渐渐不属于我。
碧绿的湖面静止不动
两岸落满泛黄的叶子
我看到叶子的牙齿
咬着我的左膝盖
触碰凋零，又畏惧凋零
最可悲的区域，最可怜。
这些年，急切追逐万物
匆忙中忘记虔诚。不会爱人，甚至
不够爱自己
任何的声音，此刻都不属于我
我本身也难以张口。
今日如何走到这里，

像如何离去一样神秘、未知
一些路，拐到茂密的花丛中
向前的每一步都意味着倒退

小空间

整个上午，我都站在屋外
观察那对匆匆翻书的情侣。我的身后，
工地上的电钻“嗡嗡嗡”响着
我看见男孩崭新的白衬衫和女孩的指甲油
或是我六岁那年的夏天，开始的错误，
虚伪且冷漠。我迷路于撕扯中，
成长是一种疼痛。拒绝和任何人联系

女孩开了窗，递给我一本书，
他们一同走进我的神经。没有一扇门阻挡，
我穿墙而过。屋里，只有一个人
像幽灵般飘荡。让我把书放到桌上，
用手触摸他，那个胡子拉碴的男人

童年的动画片传输过来。时间比空间更混乱，
令我们痛苦的一生，就是接受这样一本书
走进一间屋子

图书在版编目（CIP）数据

困兽之斗 / 祁十木著. —南宁：广西民族出版社，2024.1
（广西新锐作家作品系列）
ISBN 978-7-5363-7745-5

Ⅰ.①困⋯ Ⅱ.①祁⋯ Ⅲ.①诗集－中国－当代 Ⅳ.①I227

中国国家版本馆CIP数据核字（2023）第215423号

广西新锐作家作品系列
困兽之斗
KUNSHOU ZHI DOU

著　　者：祁十木
出 版 人：石朝雄
策划编辑：梁秋芬
责任编辑：凌　华
责任校对：吴　艳
装帧设计：张文昕
责任印制：梁海彪　张东杰
出版发行：广西民族出版社
地址：广西南宁市青秀区桂春路3号　邮编：530028
电话：0771-5523216　传真：0771-5523225
电子邮箱：bws@gxmzbook.com
印　　刷：广西昭泰子隆彩印有限责任公司
规　　格：787毫米×1092毫米　1/32
印　　张：6.625
字　　数：110千字
版　　次：2024年1月第1版
印　　次：2024年1月第1次印刷
书　　号：ISBN 978-7-5363-7745-5
定　　价：39.80元